Este libro pertenece a:
This book belongs to:

....

Brimax Publishing
415 Jackson St, San Francisco
CA 94111 USA
www.brimax.com.au

FIRST FAIRY TALES

"Mi primer cuento de hadas"

El patito feo

The Ugly Duckling

Ilustrado por • Illustrated by

Sue Lisansky

BRIMAX

Mamá pato tenía cinco huevos en su nido. Ella estaba esperando a que los pollitos saliesen de los huevos. En poco tiempo, cuatro de los huevos se abrieron y salieron cuatro patitos de plumas amarillas. Pero el último huevo no se abría.

"Es un huevo de oca," dijo la gallina.

"No es un huevo de oca," dijo la oca. "Es un huevo de pavo."

"¿Cómo lo sabré?" preguntó mamá pato.

"No nadará," dijo la oca. "Los pavos no pueden nadar."

Mother Duck had five eggs in her nest. She was waiting for them to hatch. Soon, four of the eggs hatched and out came four fluffy yellow ducklings. But the last egg did not hatch.

"It's a goose egg," said the chicken.

"It's not a goose egg," said the goose. "It's a turkey egg."

"How will I know?" asked Mother Duck.

"It won't swim," said the goose. "Turkeys cannot swim."

El huevo se abrió y salió un pequeño y extraño patito. Era gris y peludo.

Él se fue directamente al estanque y nadó con sus hermanos y hermanas.

The egg hatched and a funny little duckling came out. He was grey and fuzzy.

He went straight to the pond and swam with his brothers and sisters.

Las otras aves del corral se reían del patito feo. Él era tan infeliz que decidió escapar de allí.

Fue a un gran lago, pero los patos salvajes lo perseguían todo el rato. El vivió solito todo el verano.

The other birds in the farmyard laughed at the ugly duckling. He was so unhappy that he ran away.

He went to a big lake, but the wild ducks chased him away. He lived alone all summer.

Un día vio a unos preciosos cisnes blancos volando sobre
el lago.

"Ojalá fuera un cisne," dijo. "Nadie se ríe de los cisnes."

Cuando el invierno llegó los patos se fueron volando. El patito
feo se quedó en el lago. Hacía mucho frío y empezaba a caer
nieve. Él estaba muy triste y muy sólo.

One day he saw some beautiful white swans flying above the lake.

"I wish I were a swan," he said. "No one laughs at swans."

When winter came the ducks flew away. The ugly duckling stayed by the lake. It was very cold and snow began to fall. He was very sad and lonely.

Una noche muy fría, el patito feo se quedó atrapado en el hielo
A la mañana siguiente, un granjero que estaba caminando con
su perro, rompió el hielo y lo puso en libertad.

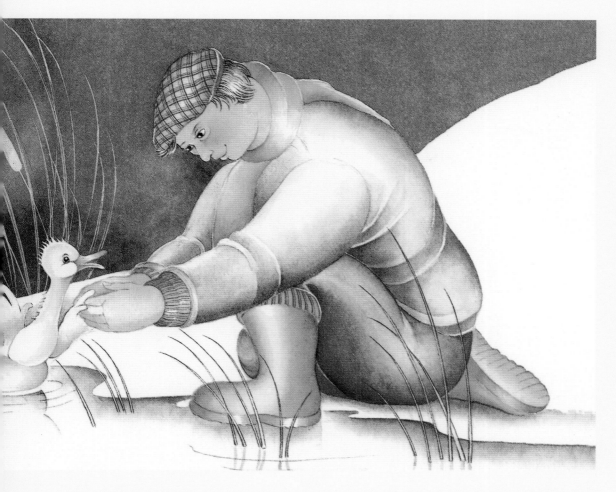

One night it was so cold that the ugly duckling was trapped in the ice.

The next morning, a farmer out walking with his dog broke the ice and freed him.

Cuando volvió la primavera, los patos salvajes regresaron al lago. Ellos chapoteaban y jugaban en el agua.

El patito feo quería hacer amigos pero estaba demasiado asustado para ir con los patos salvajes.

When spring came, the wild ducks returned to the lake.
They splashed and played in the water.
   The ugly duckling wanted to make friends but he was too
scared to go up to the wild ducks.

"Ojalá ellos me hablaran," dijo él. "Yo buscaré una nueva casa muy lejos." Él voló por el cielo por primera vez.

Batió sus grandes alas y voló sobre la tierra. Debajo de él vio algunos cisnes nadando en un estanque. Voló hacia ellos.

"I wish they would talk to me," he said. "I will look for a new home far away." He flew up into the sky for the first time.

He flapped his large wings and flew over the land. Below him he saw some swans swimming on a pond. He flew down to them.

Él nadó con el grupo de cisnes.

"Soy feo y estoy solo," dijo él. "¿Les gustaría ser mis amigos?"

"Tú no eres feo," dijeron los cisnes. "Mira tu reflejo en el estanque. Tú eres un cisne, como nosotros. ¡Por supuesto que seremos tus amigos!"

He swam up to the group of swans.

"I am ugly and lonely," he said. "Will you be my friends?"

"You are not ugly," said the swans. "Look at yourself in the pond. You are a swan, like us. Of course we will be your friends!"

El patito feo miró y vio que realmente era un cisne. ¡Él estaba tan contento! Luego dos niños vinieron al estanque.

"Mira el nuevo cisne," dijeron ellos. "¡Es precioso!" El nuevo cisne sabía que nunca volvería a estar solo otra vez.

The ugly duckling looked and saw that he was a swan.
He was so happy! Then two children came to the pond.
"Look at the new swan!" they said. "He is beautiful!"
The new swan knew he would never be lonely again.

Aquí hay algunas palabras claves del cuento. ¿Puedes leerlas?
Here are some key words in the story. Can you read them?

el huevo / egg

el nido / nest

el pato / duck

el patito / duckling

la oca / goose

el cisne / swan

el estanque / pond

el granjero / farmer

el perro / dog

la nieve / snow

el hielo / ice

los niños / children

¿Cuánto puedes recordar de la historia?

¿Se parecía el patito feo a sus hermanos y hermanas?

¿Se reían los otros pájaros del patito feo?

¿A dónde fue el patito feo cuando se escapó?

¿Qué quería ser el patito feo?

¿Quién ayudó al patito feo cuando se quedó atrapado en el hielo?

¿Qué le dijeron los cisnes al patito feo?

¿Quién vino al estanque a visitar a los cisnes?

How much of the story can you remember?

Did the ugly duckling look like his brothers and sisters?

Why did the other birds laugh at the ugly duckling?

Where did the ugly duckling go when he ran away?

What did the ugly duckling want to be?

Who helped the ugly duckling when he got trapped in the ice?

What did the swans say to the ugly duckling?

Who came to the pond to visit the swans?